BIBLIOTECA DEL FARO

Mary Shelley
LA TRANSFORMACIÓN

Título original: *Transformation*

©2007, de las ilustraciones: Gabriela Rubio

©2007, de la traducción: Patricia Willson

©2007, de esta edición: Libros del Zorro Rojo
Barcelona–Madrid / www.librosdelzorrorojo.com

Colección dirigida por
Alejandro García Schnetzer

Edición:
Marta Ponzoda Álvarez

Corrección:
Eva Muñoz

Este libro es una realización de albur producciones editoriales s.l.

Dirección editorial:
Fernando Diego García

Dirección de arte:
Sebastián García Schnetzer

Con la colaboración del
Institut Català de les Indústries Culturals

ISBN Libros del Zorro Rojo: 978-84-96509-44-3
Depósito legal: B-9.683-2007

Primera edición: marzo de 2007

Impreso en España por Sagrafic S.L.

No se permite la reproducción total o parcial de este libro,
ni su transmisión en cualquier forma o por cualquier medio,
sin el permiso previo y por escrito de los titulares
del *copyright*. La infracción de los derechos mencionados
puede ser constitutiva de delito contra la propiedad intelectual
(Arts. 270 y siguientes del Código Penal).

El derecho a utilizar la marca «Libros del Zorro Rojo»
corresponde exclusivamente a las siguientes empresas:
albur producciones editoriales s.l. y La Panoplia Export s.l.

BIBLIOTECA DEL FARO

Mary Shelley
LA TRANSFORMACIÓN

ILUSTRACIONES: **GABRIELA RUBIO**

TRADUCCIÓN:
PATRICIA WILLSON

✳

LA TRANSFORMACIÓN

A este cuerpo mío lo desgarró en el acto
una triste agonía
que me forzó a contar mi relato,
y luego me sentí liberado.

Desde entonces, a horas imprecisas,
esa agonía vuelve;
y hasta que no termina mi horrible relato
mi corazón dentro de mí se calcina.*

Coleridge, *La balada del viejo marino*

He oído decir que, cuando alguna aventura extraña, sobrenatural y nigromante le ha ocurrido a un ser humano, ese ser, aunque desee ocultarla, suele sentirse desgarrado por una especie de conmoción espiritual, y se ve forzado a desnudar ante otros las profundidades de su alma. Soy testigo de que es verdad. Me he jurado no revelar nunca a oídos humanos los horrores a los cuales me entregué una vez, en un demoníaco exceso de orgullo. El santo varón que escuchó mi confesión y me reconcilió con la Iglesia ha muerto. Nadie sabe que, un día…

¿Por qué no habría de seguir siendo así? ¿Por qué contar un relato de impía tentación de la Providencia y de humillación del alma? ¿Por qué? ¡Respondedme, vosotros que conocéis los secretos de la naturaleza humana! Yo sólo sé que es así, y a pesar de la firme resolución de un orgullo que me domina en demasía, de la vergüenza y aun del miedo a volverme odioso a mis congéneres, es preciso que hable.

---

* *Forthwith this frame of mine was wrench'd| With a woful agony,| Which forced me to begin my tale,| And then it set me free.*
Since then, at an uncertain hour,| That agony returns;| And till my ghastly tale is told| This heart within me burns. Coleridge's Ancient Mariner.

¡Génova! ¡Mi altiva ciudad natal, centinela sobre las azules aguas del Mediterráneo...! ¿Me recuerdas cuando era un muchacho, cuando tus acantilados y promontorios, tu brillante cielo y tus alegres viñedos eran todo mi mundo? ¡Época dichosa en la que, para el corazón joven, el acotado universo, por su misma limitación, le deja campo libre a la fantasía y encadena nuestras energías físicas; único período de nuestras vidas en que la inocencia y el gozo están unidos! Sin embargo, ¿quién puede volver la mirada a la niñez sin recordar sus penas y sus dolorosos temores? Nací con el espíritu más imperioso, más altanero, más indómito que jamás haya sido otorgado a un mortal. Solamente obedecía a mi padre, y él, generoso y noble, pero caprichoso y tiránico, alimentaba y a la vez reprimía la salvaje impetuosidad de mi carácter, volviendo necesaria mi obediencia, sin inspirar respeto por los motivos que guiaban sus órdenes. Ser un hombre libre, independiente, o, mejor dicho, insolente y dominador: tal era la esperanza y el reclamo de mi rebelde corazón.

Mi padre tenía un amigo, un rico noble genovés; durante un tumulto político fue repentinamente condenado a abandonar la ciudad, y sus propiedades fueron confiscadas. El marqués de Torella partió solo rumbo al destierro. Como mi padre, era viudo; tenía una hija, la pequeña Julieta, a la que dejó al cuidado de mi padre. Seguramente yo habría sido un déspota con la encantadora niña, pero mi posición me forzó a convertirme en su protector. Varios incidentes propios de la infancia llevaron a Julieta a ver en mí un sólido refugio, y a mí a ver en ella un ser cuya tierna sensibilidad perecería si era puesta a prueba sin mi atento cuidado. Crecimos juntos. La rosa que florece en mayo no es más suave que aquella adorable niña. Todo su rostro irradiaba belleza. Su aspecto, su andar, su voz... mi corazón se estremece aún hoy de sólo pensar en toda la confianza, el encanto, la pureza que encerraba aquel celestial cuerpecito. Cuando yo tenía once años y ella ocho, uno de mis primos, mucho mayor que nosotros –nos parecía ya todo un hombre–, advirtió mi celo, la llamó su novia y le pidió que se casara con él. Julieta lo rechazó, y mi primo insistió, tratando de atraerla contra su voluntad. Con la expresión y las emociones de un maníaco, me arrojé sobre él, le quité la espada y me aferré a su cuello con la intención de estrangularlo: tuvo que pedir

auxilio para que lo liberaran de mí. Esa noche llevé a Julieta a la capilla de nuestra casa: la obligué a tocar las sagradas reliquias, desgarré su corazón infantil y profané sus labios de niña con el juramento de que sería mía y sólo mía.

Transcurrió el tiempo. Torella volvió algunos años después y fue más rico y más próspero que nunca. Cuando yo tenía diecisiete años, mi padre murió; había sido de una prodigalidad magnífica. Torella se alegró de que mi juventud le diera la oportunidad de ayudarme a consolidar mi fortuna, y llegó a ser un segundo padre para mí. Julieta y yo nos habíamos convertido en novios ante el lecho de muerte de mi padre.

Quise ver mundo, y pude hacerlo. Fui a Florencia, a Roma, a Nápoles; de allí me dirigí a Tolón y, finalmente, llegué a la ciudad que había sido largo tiempo el objeto de mis deseos: París. En ese entonces había allí una gran agitación. El pobre rey, Carlos VI, a veces cuerdo, otras loco, a veces monarca y otras abyecto esclavo, era el blanco de las burlas de todos. La reina, el delfín y el duque de Borgoña pasaban de ser aliados a ser enemigos, se reunían en pródigos festines, o derramaban sangre a causa de su rivalidad; ciegos al miserable estado de su país y a los peligros que lo acechaban, se entregaban al goce disoluto o a la contienda salvaje. Mi carácter seguía siendo el mismo. Era arrogante y obstinado; me gustaba aparentar y, sobre todo, rechazaba todo freno. ¿Quién podría controlarme en París? Mis jóvenes amigos estaban dispuestos a atizar mis pasiones, que les proporcionaban intensos placeres. Me consideraban hermoso y diestro en todas las artes caballerescas. Estaba alejado de los partidos políticos. Me convertí en el favorito de todos: mi presunción y mi arrogancia eran perdonadas por mi extrema juventud; terminé siendo un niño mimado. ¿Quién podría controlarme? No las cartas ni los consejos de Torella, desde luego, sino la imperiosa necesidad que me aquejaba bajo la odiosa forma de un bolsillo vacío. Pero se presentaron medios para llenar ese vacío. Fui vendiendo acre tras acre, propiedad tras propiedad. Mi atuendo, mis joyas, mis caballos enjaezados no tenían rival en la deslumbrante París, mientras que las tierras de mi herencia pasaban a manos de otros.

El duque de Orleans fue emboscado y muerto por el duque de

Borgoña. El miedo y el terror invadieron París. El delfín y la reina se encerraron; todo placer fue suspendido. Me cansé de esa situación; mi corazón anhelaba reencontrar los lugares de mi infancia. Aunque era casi un mendigo, volvería a Génova, reclamaría a mi novia y reconstruiría mi fortuna. Algunos éxitos comerciales me restituirían mis riquezas. Sin embargo, no volvería con un aspecto humilde. Mi última acción consistió en vender mi propiedad cercana a Albaro por la mitad de su valor, para disponer de dinero. Luego envié toda clase de artesanías, tapices, muebles de esplendor real para instalar mi palacio de Génova, que era todo lo que quedaba de mi herencia. Me demoré todavía un poco, avergonzado ante la perspectiva de representar el papel del hijo pródigo. Envié mis caballos. A mi prometida le hice llegar una soberbia yegua española; en sus jaeces brillaban el oro y las piedras preciosas. En cada una de sus partes hice enlazar las iniciales de Julieta y de Guido. Mi regalo le agradó tanto a ella como a su padre.

Sin embargo, volver como el disipador de mi fortuna, blanco de impertinente sorpresa, quizá de escarnio, y encontrar los reproches y sarcasmos de mis conciudadanos no era una perspectiva atrayente. Como un escudo para protegerme de la crítica, invité a los más temerarios de mis camaradas a que me acompañaran. Así pues, quedé armado contra el mundo, disimulando, con mi jactancia y mi insolente despliegue de vanidad satisfecha, un sentimiento de recelo, mitad miedo y mitad arrepentimiento.

Llegué a Génova. Caminé sobre el empedrado de mi palacio ancestral. Mi paso orgulloso no se correspondía con los movimientos de mi corazón, pues en lo profundo de mí sentía que era un mendigo, a pesar de estar rodeado de objetos lujosos. El primer paso que di para reclamar a Julieta debió ponerme en evidencia. Vi miradas de desprecio y de piedad. Imaginé –tal es la aptitud de la conciencia para imaginar lo que merece– que ricos y pobres, jóvenes y viejos, todos me miraban con sorna. Torella no se acercó a mí. Sin duda, mi segundo padre debió de esperar en mí la deferencia de un hijo que lo visitara en primer lugar. Pero, irritado e impelido por la idea de mis locuras y mis errores, me esforcé por esparcir mi falta sobre otros.

Todas las noches había orgías en el Palazzo Carega. A las alocadas noches blancas les siguieron mañanas apáticas e indolentes. A la hora del Ave María dejábamos ver nuestras graciosas figuras en las calles, para burlarnos de los ciudadanos sobrios, para lanzar miradas insolentes a las mujeres tímidas. Julieta no era una de ellas, desde luego que no; de lo contrario, la vergüenza me habría hecho evitarla, a menos que el amor no me hubiera obligado a hincarme a sus pies.

Pronto me cansé de todo eso. Fui a visitar al marqués. Estaba en su villa, una entre las muchas que se encuentran en los alrededores de San Pietro d'Arena. Era el mes de mayo, un mes de mayo en ese jardín del mundo en el que las flores de los árboles frutales se marchitaban en medio del follaje verde y espeso; las vides crecían; el suelo estaba cubierto de flores de olivo; las luciérnagas revoloteaban en los cercos de mirto; el cielo y la tierra vestían un manto de esplendorosa belleza. Torella me recibió con cordialidad, pero seriamente; su sombra de disgusto se disipó enseguida. Algún parecido con mi padre, algún toque de mi joven ingenuidad, que todavía se ocultaban detrás de mis fechorías, ablandaron el corazón del noble anciano. Mandó a buscar a su hija; me presentó ante ella como su prometido. La habitación fue invadida por una sagrada luz cuando entró Julieta. Suyos eran ese aspecto querúbico, esos grandes y dulces ojos, esas mejillas llenas y con hoyuelos, esa boca de dulzura infantil, que expresaba la rara unión de felicidad y amor. Primero me poseyó la admiración; «¡es mía!», fue la segunda, orgullosa sensación, y una mueca de altivo triunfo se dibujó en mis labios. No en vano había sido el *enfant gaté** de las beldades de Francia: conocía el arte de agradar el suave corazón de una mujer. Si con los hombres era soberbio, mi deferencia con las mujeres no podía ser más contrastante. Comencé mi cortejo con el despliegue de mil galanterías hacia Julieta, quien, prometida a mí desde la infancia, nunca había admitido la devoción de otros; aunque estaba habituada a expresiones de admiración, no había sido iniciada en el lenguaje del amor.

---

* Niño mimado. En francés en el original. *(N. del ed.)*.

Durante algunos días todo marchó bien. Torella nunca hacía alusión a mis extravagancias; me trató como a un hijo bienamado. Pero cuando discutimos los preparativos de mi unión con su hija, esa bella fachada se desplomó. Un contrato había sido establecido en vida de mi padre. Yo lo había anulado de hecho al haber disipado todas las riquezas que debíamos compartir Julieta y yo. Torella, en consecuencia, decidió considerar que ese acuerdo ya no tenía efecto y propuso otro en el cual, a pesar de que la fortuna que él aportaba era mucho mayor, había tantas restricciones en los modos de gastarla, que yo, que no concebía mi independencia sino como el libre curso otorgado a mi voluntad imperiosa, le reproché que se aprovechara de mi situación y me negué rotundamente a suscribir sus condiciones. El anciano intentó con suavidad hacerme entrar en razón. Mi orgullo, una vez despierto, se convirtió en tirano de mi pensamiento: lo escuché con indignación y lo rechacé con desdén.

–¡Julieta, eres mía! ¿Acaso no intercambiamos votos durante nuestra inocente infancia? ¿No somos uno a los ojos de Dios? Tu padre, ese hombre insensible y frío, ¿cómo podría separarnos? Sé generosa, amor mío, y sé imparcial: no rechaces este don, el último de tu querido Guido; no te retractes de tus votos. Desafiemos al mundo y, desbaratando los cálculos de la edad, encontremos en nuestro mutuo afecto un refugio para todos los males.

Demoníaco debí haber sido para intentar profanar con tales sofismas ese altar de sagrados pensamientos y tierno amor. Julieta retrocedió ante mí, atemorizada. Su padre era el mejor y el más amable de los hombres, y ella se esforzó por mostrarme cómo, si le obedecíamos, todo saldría bien. Él recibiría mi sumisión tardía con un cálido afecto, y un perdón generoso sería el resultado de mi arrepentimiento. ¡Inútiles palabras de una joven y tierna hija ante un hombre habituado a hacer ley su voluntad y a sentir en su propio corazón a un déspota terrible y severo, cuyos imperiosos deseos tenían que ser obedecidos! Cuanto más me resistía, más aumentaba mi resentimiento. Mis salvajes compañeros estaban dispuestos a echar más leña al fuego. Trazamos un plan para raptar a Julieta. Al principio creímos haber alcanzado el éxito. En medio de la empresa fuimos sorprendidos por el ansioso padre y sus hombres. Hubo

una escaramuza. Antes de que la guardia de la ciudad llegara para decidir la victoria en favor de nuestros antagonistas, dos de los servidores de Torella fueron gravemente heridos.

Esta parte de la historia pesa enormemente sobre mí. Ahora que soy otro hombre me aborrezco a mí mismo al recordar. Tal vez nadie que escuche este relato se haya sentido nunca como yo. Un caballo azuzado por un caballero con espuelas no es más esclavo de lo que yo lo era de la violenta tiranía de mi temperamento. Un demonio poseía mi alma, llevándola a la locura. Sentía la voz de la conciencia dentro de mí; pero si cedía a ella por un instante era sólo para ser arrebatado un momento después por un torbellino y arrastrado por una corriente de rabia desesperada, convertido en juguete de las tormentas que mi orgullo había engendrado. Fui apresado; a instancias de Torella, me dejaron en libertad. Volví para raptarlos, a él y a su hija, y llevarlos a Francia; ese malhadado país, infestado entonces de filibusteros y pandillas de soldados prófugos de la ley, ofrecía un refugio reconfortante a un criminal como yo. Nuestro complot fue descubierto. Fui sentenciado al destierro y, como mis deudas eran ya enormes, lo que quedaba de mis propiedades pasó a las manos de administradores. Torella ofreció nuevamente su mediación, requiriendo únicamente mi promesa de que no repetiría mis fallidos intentos sobre él y su hija. Rechacé su oferta y me imaginé triunfante cuando fui arrojado de Génova, a un destierro solitario y sin un céntimo. Mis compañeros habían partido: habían sido expulsados de la ciudad algunas semanas antes, y ya se encontraban en Francia. Estaba solo, sin amigos, sin una espada en mi cinto ni un ducado en mi bolsa.

Mary Shelley

Erré por la costa, presa de un torbellino de pasiones. Era como si una brasa ardiendo se hubiera alojado en mi pecho. Al principio medité sobre lo que debía hacer. Me uniría a una banda de filibusteros. «¡Venganza!». Esta palabra me pareció un bálsamo: la estreché contra mí, la acaricié hasta que me picó, como una serpiente. Luego volví a abjurar de Génova –ese pequeño rincón del mundo–, y a despreciarla. Regresaría a París, donde mis amigos abundaban, donde mis servicios serían fácilmente aceptados, donde podría tallar una fortuna con mi espada y donde, gracias al éxito, haría que mi miserable ciudad natal y el hipócrita de Torella maldijeran el día en que me había alejado de sus muros, como un nuevo Coriolano*. ¿Volvería a París, entonces? ¿A pie, como un mendigo, a presentarme en mi pobreza ante los que yo mismo había mantenido suntuosamente? Me exasperaba con sólo pensarlo.

La realidad de las cosas comenzó a hacerse visible a mi ánimo, provocando mi desasosiego. Durante varios meses había estado prisionero: los males soportados en el calabozo habían exacerbado mi alma hasta la locura, pero habían sojuzgado mi constitución física. Estaba débil y pálido. Torella había recurrido a mil subterfugios para mejorar mi situación; yo los había descubierto y despreciado, y había cosechado el fruto de mi obstinación. ¿Qué debía hacer? ¿Tenía que inclinarme ante mis enemigos e implorarles perdón? ¡Antes sufrir mil muertes! ¡Jamás obtendrían esa victoria! ¡Odio! ¡Les juraba odio eterno! ¿Odio de quién hacia quién?

---

* Coriolano (siglo V a.C.), militar exiliado de Roma, donde regresó para vengarse. *(N. del ed.)*.

De un desclasado vagabundo hacia un noble poderoso. Yo y mis sentimientos no eran nada para ellos: ya se habían olvidado de alguien tan insignificante. ¡Y Julieta! Su rostro angelical y su cuerpo de sílfide brillaban entre las nubes de mi desasosiego con una vana belleza, puesto que la había perdido ¡a ella, a esa fina flor del mundo! ¡Otro la haría su mujer! ¡Esa sonrisa edénica le daría felicidad a otro hombre!

Aún hoy mi corazón claudica cuando evoco aquella serie desordenada de ideas lóbregas. A veces abatido hasta las lágrimas, otras como loco de dolor, seguía errando por la rocosa orilla, que se iba haciendo cada vez más salvaje y desolada. Los peñascos y los precipicios sonoros dominaban el océano quieto; se abrían grandes grutas negras; y siempre, en los recovecos desgastados por el mar, murmuraban y golpeaban las aguas infértiles. El camino estaba bloqueado por un abrupto promontorio, o bien se volvía casi impracticable por fragmentos desprendidos del acantilado. Se acercaba la noche cuando, desde el mar, apareció, como por obra de una varita mágica, una oscura red de nubes que manchó el azul del cielo vespertino, oscureciendo y encrespando el océano, hasta ese momento apacible. Las nubes adoptaron formas extrañas, fantásticas, se modificaron, se mezclaron como por la acción de un encantamiento. Las olas levantaron sus crestas blancas; rugió un trueno, luego relampagueó del otro lado de la superficie de las aguas, que tomaron un vivo tinte púrpura, salpicado de espuma. El lugar donde me encontraba tenía de un lado al vasto océano, y del otro, un promontorio escarpado que lo cerraba. Rodeando ese cabo llegó de repente una nave, llevada por el viento. En vano los marineros se esforzaron por establecer un curso hacia mar adentro; la borrasca la arrastraba contra las rocas. ¡Iba a naufragar! ¡Todos a bordo perecerían! ¡Si solamente yo pudiera ser uno de ellos! Y en mi corazón de hombre joven, la idea de la muerte se confundió, por primera vez, con la del goce. Esa nave que luchaba contra su destino era una visión terrible. Apenas podía distinguir a los marinos, pero los oía. ¡Todo terminó muy pronto! Una roca que las rugientes olas acababan de cubrir, y que era imposible adivinar, esperaba a su presa. Un trueno resonó sobre mí en el momento en que, con un golpe aterrador, la nave se partió contra su enemigo invisible. En poco tiempo quedó reducida a fragmentos. Yo estaba allí, a salvo, y ellos luchaban desesperadamente contra la aniquilación. Me parecía que los veía debatirse; escuchaba sus gritos de agonía, que dominaban el entrechocar de las tablas. Las oscuras olas agitaban los restos del naufragio: muy pronto, todo desapareció. Hasta el final me sentí fascinado; por último, me hinqué de rodillas cubriéndome el rostro con las manos. Levanté la cabeza; algo flotaba sobre las olas en dirección a la costa y se acercaba cada vez más. ¿Era una forma humana? Se volvía más y más visible; finalmente, una ola, levantando su cargamento, la depositó en una roca. ¡Era un ser humano, a horcajadas sobre un cofre! ¡Un ser humano! Pero, ¿lo era realmente? Con seguridad, ningún ser parecido había existido hasta entonces: era un enano contrahecho, de ojos saltones, rasgos retorcidos, cuerpo deforme; mirarlo causaba horror. Mi sangre, un momento antes entibiada por la presencia de un semejante arrancado de su tumba marina, se heló en mi corazón. El enano abandonó el cofre, apartó de su horrenda cara los cabellos tiesos y desordenados.

—¡Por Belcebú, qué agitación! —exclamó. Miró a su alrededor y me vio—. ¡Por mil demonios! He aquí otro aliado del todopoderoso. ¿A qué santo ofreciste tus plegarias, amigo, si no al mío? Sin embargo, no recuerdo haberte visto a bordo.

Reculé ante el monstruo y sus blasfemias. Volvió a interrogarme y yo masculló una respuesta inaudible.

—Tu voz queda ahogada en este rugido disonante. ¡Qué ruido hace este vasto océano! Los escolares que salen de su prisión no son más ruidosos que estas olas desatadas para encresparse. Me molestan. Ya no quiero su alboroto intempestivo. ¡Silencio, viejo océano! ¡Atrás, vientos! ¡Partid, nubes, volad hacia otro lado y despejad nuestro cielo!

Mientras hablaba, extendía sus dos largos y escuálidos brazos, que se parecían a las patas de una araña y daban la impresión de abrazar todo el espacio delante de él. ¿Era un milagro? Las nubes se dispersaron y se alejaron; el azul del cielo reapareció en un punto y luego se esparció como una calma extensión sobre nosotros; la tempestad se convirtió en un suave viento del oeste; el mar se serenó; las grandes olas se volvieron ondas pequeñas.

—Me gusta la obediencia, aun en estos estúpidos elementos —dijo el enano—, ¡y cuánto más en la mente indómita de los hombres! Debes concederme que fue una tormenta hábilmente provocada… yo mismo la he desencadenado.

Hablar con ese mago era tentar a la Providencia. Pero el hombre venera el «Poder», bajo cualquiera de sus formas. El espanto, la curiosidad y una tenaz fascinación me arrastraron hacia él.

—Ven, no temas, amigo mío —dijo el miserable—. Me pongo de buen humor cuando estoy satisfecho, y hay algo que me satisface en tu bien proporcionado cuerpo y tu bello rostro, aunque tienes un aspecto un poco compungido. Has conocido un desastre terrestre y yo, un naufragio en el mar. Quizá pueda disipar el viento de tu infortunio, como lo hice para mí. ¿Seremos amigos? —preguntó extendiendo su mano, que yo no pude tocar—. Bueno, compañeros, entonces… con eso bastará. Y ahora, dime, mientras descanso de los golpes que acabo de recibir: ¿por qué, aunque pareces joven y valiente, vagabundeas así, solo y abatido, en esta costa desierta?

La voz del miserable era penetrante y abominable, y las contorsiones que hacía al hablar eran un espectáculo espantoso. Sin embargo, ejercía sobre mí una especie de influencia que no podía controlar, y le conté mi historia. Cuando terminé se puso a reír con ganas durante un largo rato: las rocas devolvían el eco de su risa; parecía que el infierno aullaba alrededor de mí.

—¡También tú eres pariente de Lucifer! —dijo—. Caíste por orgullo. Y aunque eres tan brillante como el hijo de la Aurora, estás dispuesto a renunciar a tu belleza, a tu novia, a tu bienestar, antes que someterte a la tiranía del bien. ¡Por mi alma que respeto tu elección! Has huido y reniegas de la vida; pretendes morir de hambre sobre estas rocas y dejar que las aves devoren tus ojos marchitos, mientras tu enemigo y tu novia se regocijan con tu ruina. Creo que tu orgullo se parece extrañamente a la humildad.

Mientras hablaba, mil pensamientos incisivos me desgarraban el corazón.

—¿Qué quieres que haga? —pregunté.

–¿Yo? ¡Nada! Que te acuestes y que reces antes de morir. Pero si yo estuviera en tu lugar, sé muy bien qué habría que hacer.

Me acerqué a él. Sus poderes sobrenaturales lo volvían un oráculo a mis ojos. Sin embargo, un extraño escalofrío me invadió por completo cuando le dije:

–¡Habla, enséñame! ¿Qué me aconsejas?

–¡Véngate! ¡Humilla a tus enemigos! ¡Haz que ese viejo se incline ante ti y apodérate de su hija!

–¡Aunque lo piense mil veces, no veo cómo podría hacerlo! –exclamé–. Si tuviera oro podría llevar a cabo muchas cosas, pero pobre y solo como estoy me siento impotente.

El enano había permanecido sentado sobre su cofre mientras escuchaba mi historia. En ese momento se levantó, tocó un resorte, y el cofre se abrió bruscamente. Una mina de riquezas se desplegó ante mí: joyas resplandecientes, oro rutilante, plata blanquecina. En mí se despertó un loco deseo de poseer todos esos tesoros.

–Alguien tan poderoso como tú podría permitírselo todo –dije.

–No, soy menos omnipotente de lo que parece –dijo el monstruo con humildad–. Hay cosas que poseo y que tal vez tú envidias; pero las daría con gusto por una pequeña parte de lo que tienes, o aun por un simple préstamo.

–Todo lo que tengo está a tu disposición: mi pobreza, mi exilio, mi desgracia, te lo ofrezco todo gratuitamente –repliqué con amargura.

–¡Y bien, te lo agradezco! Agrega sólo una cosa más y mi tesoro te pertenece.

–Ya que no tengo nada como herencia, ¿qué más podrías querer que esa nada?

–Tu hermosa cara y tus miembros bien torneados.

Me estremecí. ¿Ese monstruo todopoderoso quería matarme? Yo no tenía armas. No recé, pero empalidecí.

–Pido un préstamo y no un don –dijo ese ser espantoso–. Préstame tu cuerpo por tres días. Durante ese tiempo tendrás el mío para encerrar en él tu alma, y mi cofre como pago. ¿Qué dices a mi oferta? Tres días solamente…

Dicen que es peligroso mantener conversaciones impías; yo mismo puedo atestiguarlo. Puede parecer increíble que haya prestado oídos a esa proposición presentada ahora tan llanamente; pero a pesar de su fealdad contra natura, había algo fascinante en ese ser cuya voz comandaba la tierra, el aire y el mar. Sentí el violento deseo de aceptar, puesto que con ese cofre podría gobernar el mundo. Mi única vacilación se debía al temor de que el enano no fuera honesto en el trato. Además, pensaba que pronto moriría en esas playas desiertas, y los miembros que él codiciaba ya no existirían: el riesgo valía la pena. También sabía que, según todas las leyes de la magia, hay fórmulas y juramentos que ninguno de los que la practican se atreven a desafiar. Tardé en responder; él insistió, mostrando sus riquezas, evocando el módico precio exigido, hasta que me pareció una locura rehusar. Así son las cosas: lancemos nuestra barca aguas abajo, y la veremos precipitarse a saltos y cataratas; abandonemos nuestra conducta al torrente desencadenado de la pasión y nos veremos arrastrados sin saber adónde.

El enano comenzó a blasfemar y yo lo conjuré en nombre de varios santos, hasta que vi a ese prodigio de potencia, a ese amo de los elementos, temblar como una hoja a la espera de mis palabras. Como si el espíritu hablara en él con toda su fuerza, contra su voluntad y con voz quebrada reveló finalmente el encantamiento que, en el caso de que quisiera engañarme, lo obligaría a restituir el despojo ilícito. Para hacer y deshacer el sortilegio, nuestra sangre caliente debía mezclarse.

Basta de este tema sacrílego. Me convencí y el acuerdo fue sellado. La mañana me sorprendió cuando estaba tendido en la grava, y no reconocí mi sombra cuando ésta se desprendió de mí. Me sentí transformado en una forma horrible, y maldije mi excesiva confianza y mi ciega credulidad. El cofre estaba allí, con el oro y las piedras preciosas por los cuales había vendido el cuerpo carnal que la naturaleza me había dado. Al verlos, mi agitación se calmó un poco: tres días pasarían rápido.

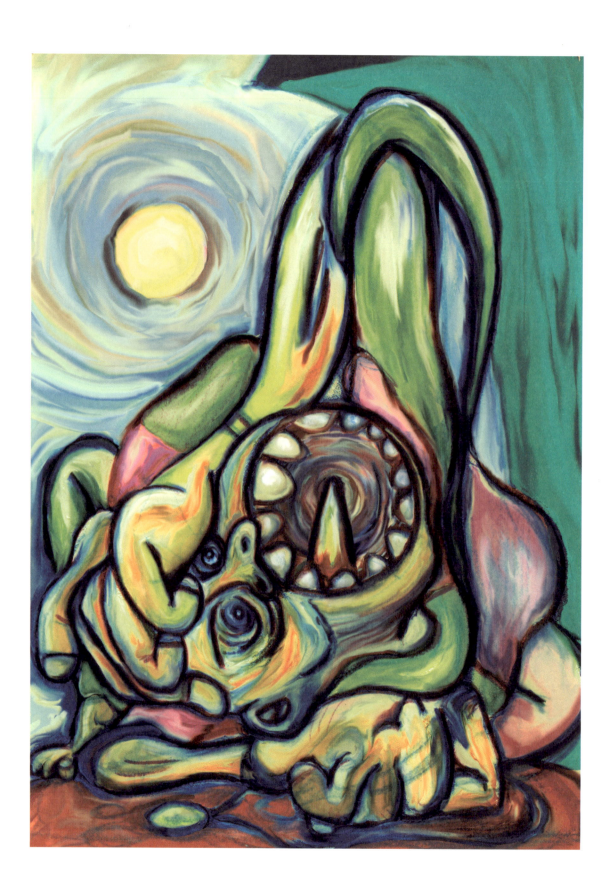

En efecto, los días transcurrieron. El enano me había procurado una abundante reserva de alimentos. Al comienzo, apenas podía caminar, porque mis miembros me parecían extraños y desarticulados; en cuanto a mi voz, era la de ese demonio. Pero permanecí silencioso y volví mi rostro hacia el sol para no ver mi sombra; conté las horas y medité sobre mi futura conducta. Poner de rodillas a Torella, poseer a su hija Julieta a pesar de él: mi fortuna podría lograr todo eso fácilmente. Durante la noche oscura dormí y soñé con el cumplimiento de mis deseos. Dos veces el sol se había ocultado. Salió por tercera vez. Yo estaba agitado, ansioso. ¡Oh, expectación, qué espantosa eres cuando te gobierna el temor más que la esperanza! ¡Cómo te enroscas en nuestro corazón y haces de sus latidos una tortura! ¡Cómo desencadenas dolores desconocidos en nuestro débil mecanismo, a veces simulando sacudirnos hasta la aniquilación, como astillas de vidrio, otras dándonos fuerzas renovadas pero impotentes, que nos atormentan, pues nos hacen experimentar la sensación del hombre fuerte que no puede romper sus cadenas aunque estas se doblen en sus manos! Al este, el disco luminoso cumplió en el cielo su lento ascenso; se demoró largamente en el cenit y luego se encaminó aún más lentamente hacia el oeste, donde tocó el borde del horizonte para desaparecer. Su gloria alcanzó la cima del acantilado, se atenuó y empalideció. La estrella vespertina comenzó a brillar. Muy pronto, el demonio llegaría.

Pero ¡no vino! ¡No, santo Dios, no vino! La noche se prolongó penosamente y, cuando declinaba, «el día comenzó a blanquear su negra cabellera»*; el sol se levantó de nuevo sobre el ser más desdichado que jamás haya maldecido su luz. Tres días pasaron así. ¡Cuánto aborrecía el oro y las joyas!

¡Y bien! ¡No llenaré estas páginas con mis divagaciones diabólicas! Mis pensamientos eran demasiado terribles; un furioso tumulto de ideas colmaba mi alma. Finalmente, sucumbí al sueño; no había dormido desde el tercer ocaso de sol. Soñé que estaba a los pies de Julieta y que ella sonreía, y que luego aullaba al ver mi transformación; nuevamente, Julieta volvía a sonreír, pues tenía a su bello amante hincado ante ella. Pero no era yo, era él, el demonio, sostenido por mis piernas, hablando con mi voz, ganando su corazón con mis miradas amorosas. Me esforcé por advertirla, pero mi lengua se negaba a moverse; intentaba apartarlo de ella, pero me encontraba como clavado al suelo; el sufrimiento me despertó. Allí estaban los precipicios solitarios, allí, el flujo y reflujo del mar, la calma de la playa y el azul del cielo por encima. ¿Qué significaba aquello? ¿Mi sueño era el espejo de la realidad? ¿Ese hombre le hacía la corte a mi novia y ganaba su corazón? Habría vuelto inmediatamente a Génova, pero estaba condenado al destierro. Me reí: las carcajadas del enano se escaparon de mis labios. ¿Yo, desterrado? ¡No! Yo no había sido enviado al exilio con ese cuerpo repulsivo; podía entrar en mi ciudad natal sin arriesgarme a la muerte con que me habían amenazado.

Emprendí el camino hacia Génova. Ya me había acostumbrado un poco a mis miembros deformes: nada estaba peor adaptado a la marcha; avanzaba con una dificultad infinita. También quería evitar las aldehuelas diseminadas a lo largo de la costa, pues no quería exhibir mi fealdad. Temía que los chicos me tomaran por un monstruo y me mataran arrojándome piedras cuando pasara; recibí saludos poco amigables de parte de algunos campesinos y pescadores con los que me crucé. Pero la noche se volvió oscura antes de mi llegada a Génova. El tiempo era tan agradable y perfumado que supuse que el marqués y su hija habrían abandonado la ciudad para volver a su retiro en el campo. De la Villa Torella había intentado raptar a Julieta; pasé varias horas recorriendo el

---

* Lord Byron, *Werner*, Act. III, Esc. IV. *(N. del ed.)*.

lugar y conocía cada palmo de terreno en los alrededores. La casa estaba maravillosamente situada, oculta entre los árboles a orillas de un curso de agua. Cuanto más me acercaba, más evidente se me hacía que mis conjeturas eran acertadas y que, además, el tiempo transcurría entre festines y diversiones, pues todo estaba iluminado. Los acordes de una música suave y alegre llegaron hasta mí, transportados por la brisa. Mi corazón desfallecía. La bondad y la generosidad de Torella eran tales que tuve la certeza de que no se habría librado a regocijos públicos luego de mi desdichado exilio, a menos que no fuera por una razón que no me animaba a afrontar.

Los aldeanos, felices, se paseaban por el lugar; tuve que ocultarme; y, sin embargo, deseaba interrogar a alguien o aun oír hablar a otros para obtener información sobre lo que sucedía verdaderamente. Por fin, cuando caminaba por los senderos cercanos a la casa, encontré uno lo suficientemente oscuro donde disimular mi intenso temor; otras personas vagaban como yo en la penumbra. Pronto descubrí todo lo que quería saber, lo cual me hizo desfallecer de horror primero, y luego hervir de indignación. Al día siguiente, Julieta se casaría con Guido, el arrepentido, el penitente, el bienamado. ¡Ese día, mi novia prometería fidelidad a un demonio del infierno! ¡Y yo había causado todo aquello! Mi orgullo execrable, mi violencia demoníaca y el detestable culto de mi persona habían provocado ese hecho. Pues si hubiera actuado como ese miserable que me había despojado de mi apariencia, si, con el aire a la vez digno y contrito, me hubiera presentado a Torella diciendo: «Actué mal, perdóneme, no merezco a su angelical hija, pero permítame pretender a ella, apenas la enmienda de mi conducta pruebe que renuncio a mis vicios y que me esfuerzo por convertirme verdaderamente en digno de ella. Parto a luchar contra los infieles, y cuando mi celo por la religión y mi sincero arrepentimiento con respecto al pasado hayan borrado mis crímenes a sus ojos, permítame nuevamente llamarme su hijo». Así había hablado él; y el penitente fue recibido como el hijo pródigo de las Escrituras: un ternero fue sacrificado en su honor; y, siguiendo siempre la misma vía, dio muestras de un remordimiento tan sincero por las locuras que había cometido, aceptó con tanta humildad renunciar a sus derechos y mani-

festó una determinación tan ardiente de reconquistarlos a través de una vida de contrición y de virtud, que pronto subyugó al amable anciano; obtuvo de él un real perdón y, de paso, la mano de su encantadora hija.

¡Ah, si solamente un ángel del paraíso me hubiera sugerido hacer tal cosa! ¿Cuál sería ahora el destino de la inocente Julieta? ¿Permitiría Dios esa execrable unión o, a menos que algún prodigio viniera a romperla, el nombre deshonrado de Carega se encontraría asociado al peor de los crímenes? Al día siguiente, al amanecer, estarían casados; no había más que un medio de impedirlo, y era encontrar a mi enemigo y exigirle la ratificación de nuestro acuerdo. Sentía que sólo podría lograrlo mediante una lucha a muerte. No tenía espada –aunque era improbable que mis brazos deformes pudieran permitirme manejar el arma de un combatiente–, pero tenía un puñal y mi esperanza se cifraba en él. No había tiempo de reflexionar ni de sopesar la cuestión en detalle: podía morir en el intento; sin embargo, además de los ardientes celos y la desesperanza de mi corazón, el honor y un sentimiento de pura humanidad exigían que pereciera antes que renunciar a destruir las maquinaciones de ese demonio.

Los invitados se retiraban; las luces comenzaban a apagarse; evidentemente, los habitantes de la villa intentaban descansar. Me oculté entre los árboles; el jardín estaba desierto; las rejas fueron cerradas. Deambulé un poco y me encontré bajo una de las ventanas. ¡Ah, cuánto la conocía! Una suave y débil claridad bañaba la habitación; las cortinas estaban corridas a medias. Era el templo de la inocencia y la belleza. Su magnificencia era atenuada por un ligero desorden, pues el lugar estaba habitado, y todos los objetos diseminados revelaban el gusto de la que lo santificaba con su presencia. La vi entrar con un paso vivo y ligero; la vi aproximarse a la ventana. Apartó ligeramente la cortina y hundió su mirada en la noche. La frescura de la brisa jugaba con sus rizos, que se levantaban sobre el mármol transparente de sus sienes. Unió sus manos, alzó los ojos al cielo. Entonces oí su voz:

—¡Guido! –murmuró suavemente–. ¡Mi amado Guido!

Luego, como vencida por la plenitud de sus sentimientos, cayó de rodillas. ¡Ah, qué vacuas son las palabras para describir sus ojos levantados, su expresión negligente pero grácil, la gratitud que irradiaba su cara! Tú, corazón mío, aunque no puedas describirla, conservas para siempre la belleza celestial de esa hija de la luz y del amor.

Oí un paso firme y rápido a lo largo del sendero oscuro. Enseguida vi llegar a un caballero ricamente ataviado, joven y, al parecer, agradable. Me oculté todavía más cerca. El joven avanzó; se detuvo bajo la ventana. Julieta se levantó y, asomando nuevamente la cabeza, lo vio y dijo... No, no puedo... no puedo, aun después de tanto tiempo, recordar sus palabras de timbre argentino, impregnadas de ternura: me estaban dirigidas, pero el que respondió fue él.

—No me marcharé —exclamó—; aquí donde has vivido, donde tu recuerdo planea como una aparición celestial, velaré las largas horas hasta que estemos unidos, día y noche, para nunca más abandonarnos, Julieta mía. Pero entra, mi amor, te lo suplico: el frío de la madrugada y la brisa intermitente empalidecerán tus mejillas y llenarán de languidez tus ojos brillantes de amor. ¡Ah, querida mía, si pudiera besarlos, creo que yo también descansaría!

Entonces, se acercó un poco más y me pareció que estaba a punto de trepar y de penetrar en la alcoba. Yo había vacilado para que ella no se asustara: ahora ya no podía controlarme. Me precipité, me lancé sobre él y lo golpeé.

—¡Oh, ser miserable, odioso y contrahecho! —grité, apartándolo.

No necesito repetir los epítetos que apuntaban, evidentemente, a clamar contra una persona por la cual ahora siento cierto apego. Una exclamación escapó de los labios de Julieta. No oí nada más, no vi nada más; sólo sentí la presencia de mi puñal y al enemigo cuya garganta apretaba; se debatió, pero no pudo escapar. Finalmente, con una voz ronca, murmuró estas palabras:

—¡Anda, golpea! Destruye tu cuerpo. Seguirás viviendo. ¡Que tu vida sea larga y feliz!

El puñal que iba a clavarse se detuvo ante esas palabras, y él, sintiendo que yo lo soltaba, se apartó y sacó su espada. En la casa, el tumulto y el desplazamiento de las antorchas de una habitación a otra indicaban que muy pronto nos separarían. ¡Ah, era mejor morir que dejar que él

sobreviviera! En el colmo de mi frenesí me entregué a un cálculo: yo podía morir, y así él no sobreviviría; no me preocupaba el golpe mortal que me infligiría a mí mismo. El villano pensaba que yo vacilaba y vi que estaba decidido a aprovecharse de mi vacilación. En el momento en que se lanzó bruscamente hacia mí, me arrojé sobre su espada y, al mismo tiempo, con un gesto preciso, desesperado, hundí mi puñal en su flanco. Caímos juntos, rodando uno sobre otro, y la sangre que manaba de la herida abierta que cada uno de nosotros había recibido se mezcló en la hierba. No sé más: perdí el conocimiento.

Nuevamente, volví a la vida: sin fuerzas, me encontré tendido en una cama. Julieta estaba de rodillas a mi lado. ¡Qué extraño! Mis primeras palabras entrecortadas fueron dichas para pedir un espejo. Yo estaba tan pálido y tan atemorizado que la pobre niña vaciló, como ella misma me explicó más tarde; pero, gracias al cielo, encontré que era un joven muy agradable cuando vi el precioso reflejo de mis propios rasgos tal como yo los conocía. Confieso que es una debilidad, que experimento un enorme afecto por el rostro y los miembros que descubro cada vez que me miro en un espejo: tengo varios espejos en mi casa y los consulto con más frecuencia que las beldades de Génova. Antes de que me critiquéis, dejadme deciros que nadie conoce mejor que yo el valor de su propio cuerpo, pues probablemente nadie más que yo se lo dejó robar.

Al principio hablé del enano y de sus crímenes de manera incoherente; le reprochaba a Julieta haber aceptado su amor con demasiada facilidad. Ella pensaba, con razón, que deliraba; y me hizo falta cierto tiempo todavía para admitir que el Guido cuyo arrepentimiento había recuperado sus favores era yo. Mientras maldecía cruelmente al enano monstruoso y bendecía el justo golpe que lo había privado de la vida, me interrumpí bruscamente al oírla decir «amén», pues yo sabía que aquel al que ella vilipendiaba no era otro que yo mismo. Un poco de reflexión me enseñó a callarme; un poco de entrenamiento me permitió hablar de esa horrible noche sin cometer demasiadas torpezas. La herida que me había infligido no era un simulacro; recuperarme me llevó mucho tiempo. Como el benévolo y generoso Torella venía a sentarse a mi cabecera para expresar una sabiduría capaz de llevar a los amigos al

arrepentimiento, y mi querida Julieta velaba cerca de mí, respondiendo a mis necesidades y confortándome con sus sonrisas, mi salud física y mi enmienda moral evolucionaron a la par. Nunca volví a recuperar del todo mis fuerzas: desde entonces, mis mejillas son pálidas y mi cuerpo está encorvado. Julieta se arriesga a veces a hacer una amarga alusión a la malevolencia que estuvo en los orígenes de este cambio, pero yo la abrazo enseguida y le digo que todo ha sido para mejor. Soy uno de los maridos más tiernos y más fieles y, en verdad… sin esa herida, ella nunca habría sido mía.

Nunca volví a la costa ni fui a buscar el tesoro de ese demonio; sin embargo, cuando pienso en el pasado, suelo pensar –y mi confesor no se mostró reticente en apoyar la idea– que podía tratarse de un espíritu del Bien y no del Mal, que fue enviado por mi ángel de la guarda para mostrarme la necedad y la desdicha que engendra el orgullo. Al menos, he aprendido tan bien la lección que me fue duramente enseñada, que ahora soy conocido por todos mis amigos y conciudadanos con el nombre de *Guido il Cortese*.

BIBLIOTECA DEL FARO

Herman Melville
La historia del Town-ho
Ilustraciones: Luis Scafati
Traducción: Enrique Pezzoni

Edgar Allan Poe
El método del Dr. Alquitrán y el Prof. Pluma
Ilustraciones: Pablo Páez
Traducción: Elvio Gandolfo

Robert Louis Stevenson
La isla de las voces
Ilustraciones: Alfredo Benavídez Bedoya
Traducción: Marcial Souto

Jack London
Koolau el leproso
Ilustraciones: Enrique Breccia
Traducción: Elena Vilallonga

Voltaire
Micromegas
Ilustraciones: Carlos Nine
Traducción: Marta Ponzoda

Gustavo Adolfo Bécquer
La cruz del diablo
Ilustraciones: Javier Serrano

Mary Shelley
La transformación
Ilustraciones: Gabriela Rubio
Traducción: Patricia Willson

Mary Shelley
Londres, 1797–1851

Fue hija del filósofo radical William Godwin y de Mary Wollstonecraft, pionera del feminismo británico, que murió a causa de las complicaciones del parto. La casa de su infancia recibía las ilustres visitas de Wordsworth, Southey y Coleridge, a quien una noche escuchó recitar *La balada del viejo marino*. Recibió una educación escasa y aburrida pero fue una lectora precoz y perseverante. A los catorce años conoció a su futuro esposo: Percy Bysshe Shelley; a los dieciséis escapó con él a Francia; a los dieciocho, una pesadilla le reveló el argumento de *Frankenstein*, novela que no olvida las ideas ni el desprecio de su padre. Viajó por Italia, Holanda, Alemania y Suiza; fue amiga de Byron y de Polidori, con quienes convivió en Villa Diodati, antigua residencia de Milton. En 1822, su esposo murió ahogado en el golfo de Spezia y su cadáver fue incinerado a orillas del lago Viareggio. De regreso a Inglaterra, sobrellevó su viudez componiendo relatos, biografías, editando la obra de su marido y cuidando de su único hijo. La iglesia de San Pedro en Bournemouth acoge su sepulcro, allí descansa junto al corazón de Percy B. Shelley, que salvó de las llamas y que conservó hasta sus últimos días entre las páginas de un libro.

Gabriela Rubio
Las Palmas de Gran Canaria, 1966

Profesora de ilustración en las escuelas barcelonesas Elisava, Massana y Eina, Gabriela Rubio es colaboradora habitual del periódico *La Vanguardia* (Barcelona); ha sido coordinadora de las revistas *La Il·lustració* y *GIZ* y autora de numerosos libros, entre ellos: *Bzzz...* (Premio Lazarillo de Ilustración, Madrid, 1993); *Faycán* (Mención especial del Premio Internacional Catalonia de Ilustración, Barcelona, 1994); *La bruja Tiburcia* (Accésit del Premio Lazarillo de Ilustración, Madrid, 1996); *La amiga más amiga de la hormiga Miga* (Premio Nacional de Literatura Infantil, Madrid, 1998); *Las fotos de Sara* (Premio Apel·les Mestres de Literatura Infantil y Juvenil, Barcelona, 1999) y *Pelo de Zanahoria* (Premio del Ministerio de Cultura de España al Libro Mejor Editado, Madrid, 1999). Su labor en el campo de la literatura infantil y juvenil ha sido reconocida en 2002 con el Premio Patito Feo del Colectivo Andersen. Expuso sus trabajos en la Bienal de Ilustración de Bratislava (1995); en la Feria del Libro Infantil de Bolonia (1996); en el Instituto Cervantes de Madrid (2002) y en la muestra Ilustrísimos, en la Feria del Libro de Bolonia (2005).